눈꺼풀

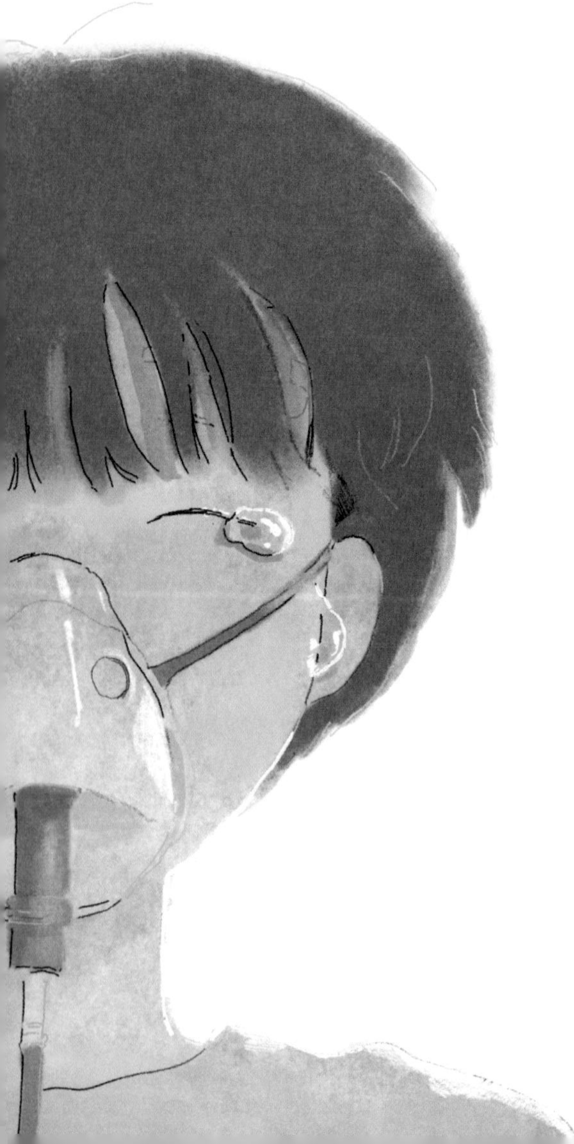

눈꺼풀

윤성희 소설
남수 그림

창비

차 례

눈꺼풀
6

작가의 말
75

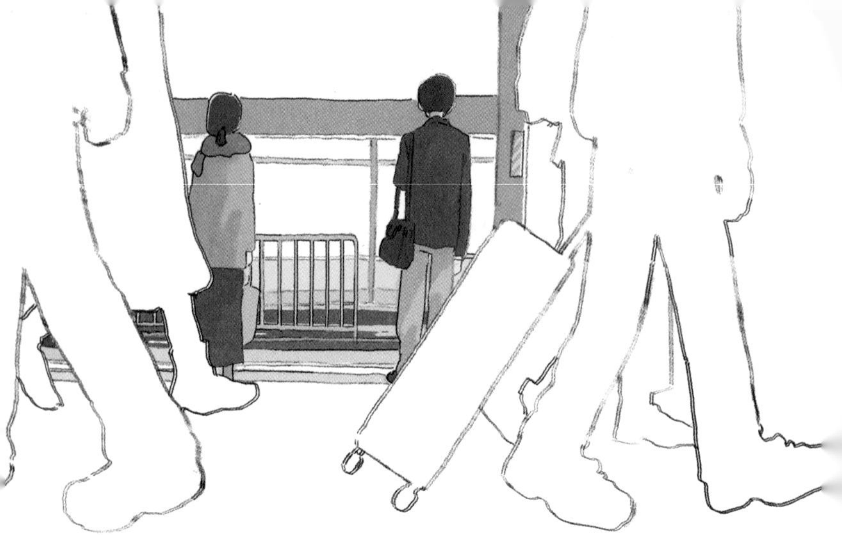

1

아빠는 엄마를 새마을호 기차 안에서 만났다. 그때 아빠는 서른여덟 살. 마흔 살이 될 때까지 결혼을 안 하면 연을 끊겠다고 할머니는 입버릇처럼 말하곤 했다. 할머니가 선 자리를 구해 올 때마다 아빠는 할머니가 반대해서 헤어진 옛 애인 이야기를 꺼냈다. 그때 받았던 상처를 못 잊은 척.

아빠가 스물아홉 살에 만났던 여자는 이웃 동네의 주민 센터 직원이었다. 버스를 타고 주민 센터까지 가서 몰래 여자를 보고 온 할머니는 그날 큰고모에게 전화를 걸어 참한 아가씨라는 말을 다섯 번도 더 했다. (할머니와 통화를 하다가 큰고모는 행주 삶던 중임을 깜빡해 홀라당 태워 먹었다.) 아홉수고 뭐고 당장 결혼식을 올릴 기세였던 할머니의 마음이 변한 것은 상견례를 한 뒤였다. 여자의 고모와 고모부가 부모 대신 나온 것이었다. 어렸을 때 아버지가 돌아가시고 어머니가 재혼을 해서 고모네서 자랐다고 여자는 말했다.

상견례를 마치고 돌아온 뒤 할머니는 부모 없이 자라서 젓가락질을 못한다는 둥, 눈이 처진 게 음흉해 보인다는 둥, 흠을 잡기 시작했다. 그 말에 아빠가 화를 냈는데, 아빠는 여자의 얼굴 중에서 약

간 처진 그 눈을 가장 좋아했기 때문이었다. 여자는 웃을 때 눈꼬리에 주름이 생겼고 그래서 웃을 때면 양쪽 검지손가락으로 눈꼬리를 만지는 버릇이 있었다. 그걸 볼 때마다 아빠는 자신도 그렇게 웃고 싶어졌다. 먼저 헤어지자고 말한 사람은 여자였다. 부모가 없어도 댁의 아들보다는 더 괜찮은 사람으로 자랐다며 여자는 할머니에게 말했다. (할머니는 아무 대답도 하지 못했다. 그리고 그게 억울했는지 그때부터 소화가 잘 되지 않더니 돌아가시기 전까지 위장병을 앓았다.) 아빠는 할머니가 미워서 앞으로 가족들하고 말을 하지 않겠다는 결심까지 했다. 암튼, 그 실연 이후 아빠는 단 한 번도 연애를 하지 않았다.

사실 아빠가 서른여덟 살이 되도록 결혼을 하지 않은 것은 옛 애인을 잊지 못했기 때문이 아니었다. 가족들하고 말을 하지 않겠다는 결심은 얼마 가지 못했다. 삼 개월 후에 아빠의 여동생, 그러니까 막내 고모가 아이를 낳았다. 그 말을 듣자마자 아빠는 침묵을 깨고 할머니에게 이렇게 물었다. "딸이에요? 아들이에요?" 큰고모가 아들만 둘을 낳아서 아빠는 여조카를 몹시 기대하고 있었다. 딸이라고 하자 아빠는 또 이렇게 물었다. "누구 닮았어요?" 아빠는 막내 고모가 결혼을 하던 날 울었다. 예쁜 동생이 아까워서. (막내 고모가 햄버거 가게에서 아르바이트를 할 적에 근처 고등학교의 남학생들이 고모를 보려고 하루에 한 끼씩 햄버거를 사 먹었다는 일화가 있을 정도였다.) 못생긴 매제가 미워서. (고모부가 못생기긴 했다. 어릴 때 나는 고모부를 호빵맨이라고 불렀다.) 막내 고모가 산후조리를 하러 친정에 와 있는 동안 아빠는 매일매

일 조카의 얼굴을 들여다보았다. (미국에서 박사 학위 중인 우리 집안의 자랑 연정이 누나. 아기일 때는 고모부를 닮았는데 다행히 자라면서 고모의 얼굴이 나오기 시작했다.) 연정이 누나는 자면서도 웃었다. 웃는 조카의 얼굴을 매일 봤더니 아빠는 실연의 아픔을 잊을 수 있었다.

그러던 어느 날이었다. 아빠는 친구들하고 술을 한잔하고 오던 길에 보름달을 보았다. 보름달을 보고 아빠는 기도를 했다. 우리 조카에게는 늘 웃는 일만 생기게 해 달라고. 술에 취한 아빠는 집에 돌아와 연정이 누나를 안아 보았다. 아주 잠깐만 안았다 내려놓으려 했는데 그만 떨어뜨리고 말았다. 다행히 침대 위로 떨어졌고 연정이 누나는 울지도 않았다. 아빠도 대수롭지 않게 여겼는데 일주일이 지난 뒤 기저귀를 갈다 막내 고모가 이상한 점을 발견했다. 아이의 다리 길이가 다르다는 거였다. "내가 보기에 똑같은데." 할머니가 대수롭지 않게 여겼지만 막내 고모는 병원에 데려갔고 그 결과 고관절 탈구라는 진단을 받았다. 의사는 아기들에게 종종 발생하는 병이라고 너무 걱정하지 말라고 했지만 연정이 누나는 쉽게 치료되지 않았다.

"아빠는 아무한테도 그 말을 못했단다. 사실은 내가 떨어뜨려서 그런 거라고. 그래서 내 조카가 다리를 절게 된 거라고." 아빠는 내 손을 잡고 고백했다. "그래서 결혼을 하지 않으려고 했지. 누군가의 아빠가 되는 게 무서워서." 아빠가 내 손을 잡았을 때 따뜻함이 느껴졌다. 온기가 손가락을 지나 손목을 지나 팔꿈치 위로 올라오는 게 느껴졌다. 아주 천천히. 아빠에게 그걸 알려 주기 위해 손가락을 움직여 보려 했지만 되지 않았다. 나는 속으로 중얼거렸다. 다 들려요. 그러니 울지 마세요.

2

엄마는 아빠를 새마을호 기차 안에서 만났다.

그때 엄마는 서른여섯 살. 여섯 살짜리 딸을 혼자 키우고 있었다. (뭐든지 거꾸로 하는 청개구리 민주 누나. 누나가 고등학생 때 엄마는 학교에 일곱 번이나 불려 갔다.) 그날 엄마는 민주 누나를 서울에 사는 외삼촌 집에 맡기고 혼자 내려오는 길이었다. 애가 더 클 때까지 악착같이 돈을 벌라고, 전세금이라도 모을 때까지 아이를 키워 주겠다고 외숙모가 말했다. 외숙모는 아이를 좋아했지만 불행히도 아이를 낳지 못했다. 엄마가 재혼이라도 하면 민주 누나를 입양하겠다는 마음까지 먹은 적이 있었다고 언젠가 고백한 적이 있었다. 누나가 한창 방황하던 시기에. "민주 같은 딸이 있다면 하루에 백 번씩 웃었을 거야." 딸을 삼고 싶을 만큼 예쁜 아이였다고 외숙모는 누나에게 말했다.

엄마는 서울에서 기차를 탔고 아빠는 수원에서

기차를 탔다. 원래는 아빠의 자리가 창가였는데 거기 이미 엄마가 앉아 있었다. 겨울이었고 함박눈이 내렸다. 엄마는 창에 입김을 불어 동그라미를 그리고 있었다. 아빠가 다가가자 엄마가 자리를 바꾸려고 일어났다. 아빠는 괜찮다고 말했다. 엄마가 그린 동그라미를 보자 아빠는 왠지 만두 생각이 났다. 뜨거운 만두를 반으로 잘라서 후후 불면 안경에 김이 서리겠지. 아빠는 김 서린 안경을 낀 채 만두를 먹는 자신의 모습을 상상해 보았다. 아빠가 자리에 앉자 엄마가 고맙다며 귤을 하나 주었다. 아빠는 귤을 오랫동안 만지작거렸다. "이래야 달아져요." 아빠는 말했다. 엄마도 아빠를 따라 했다. 한참 후에 아빠가 귤을 깠다. 귤 냄새가 퍼졌다. 그때 열차가 급정거를 했다. 열차 복도를 걷던 사람들이 넘어졌다. 선반 위에 올려진 물건들이 쏟아졌

다. 오래된 다리가 철거 도중 무너졌는데 하필이면 그 아래를 지나가던 열차를 덮친 것이다. 다리는 3호 차와 4호 차를 덮쳤다. 부모님은 다행히 9호 차에 타고 있었다. 누군가가 밖에 나갔다가 돌아오더니 사람들에게 말했다. "다음 역까지 10분 정도만 걸으면 될 것 같아요. 그게 빠르겠어요." 몇몇 사람이 자리에서 일어났다. 엄마도 아빠도 그들을 따라 나섰다. 10분밖에 걸리지 않는다고 했지만 실은 30분 정도 걸렸다.

역에 도착하자 사고가 복구될 때까지 모든 열차 운행이 중단된다는 안내 방송이 나왔다. 아빠가 조심스럽게 엄마에게 물었다. "어디 가서 따뜻한 국수라도 먹을래요?" 엄마는 좋다고 말했다. 아빠가 마음에 들어서가 아니라 발이 너무 시렸고 배가 너무 고팠기 때문이었다. 그날 둘은 역 앞에서 칼국수를 먹었다. (그래서 결혼기념일이면 우리 가족은 꼭 칼국수를 먹었다. 바지락칼국수, 사골칼국수, 장칼국수, 김치칼국수 등등.) "다행이에요." 엄마가 말했다. "그러게요. 운이 좋았어요." 아빠가 말했다. 칼국수를 먹는데 엄마의 안경에 김이 서렸다. 아빠의 안경에도 김이 서렸다. 둘은 서로를 보고 웃었다.

엄마는 아빠랑 싸울 때면 자주 그 이야기를 했다. 그때 칼국수를 먹는 게 아니었다고. 혼자 가락국수나 사 먹었어야 했다고. 엄마는 아빠를 또 만날 생각이 없었다. 딸을 맡기고 돌아오는 길이었으니까. 악착같이 돈을 벌기로 결심한 날이었으니까. 그래서 엄마의 것까지 계산한다는 아빠의 제의를 거절했다. 엄마는 자신의 칼국숫값을 내면서 저는

딸이 있어요, 애 엄마라고요,라고 말했다. (사실 아빠도 엄마를 또 만날 생각은 없었다. 그런데 하필이면 가게 주인이 찜통에서 막 만두를 꺼내고 있었다. 김이 모락모락. 그 안에 하얀색 만두가 가지런히 있는 것을 보면 누구든지 사 주고 싶은 생각이 드는 법이라고 아빠는 말했다.) 아빠는 만두 2인분을 사서 엄마에게 주었다. "아이한테 갖다주세요." 그 말을 듣자마자 엄마가 눈물을 흘렸다. 엄마가 눈물을 흘리는 것을 본 순간 아빠는 엄마가 혼자라는 것을 알아차렸다고 한다. 그리고 자기도 모르게 이렇게 말을 하고 말았다. "어린이날 제가 짜장면 사 줄게요."

엄마는 한 달에 한 번씩 민주 누나를 만나러 갔다. 그날 이외에는 단 하루도 쉬지 않았다. 아빠도

한 달에 한 번씩 엄마를 따라 기차를 탔다. 서울역에 도착하면 둘은 헤어졌다. 엄마는 큰삼촌 집으로 가고 아빠는 남산으로 걸어갔다. 그리고 다시 서울역에서 만나 돌아왔다. 민주 누나에게 짜장면을 사 준다는 약속은 그해 어린이날이 아니고 다음 해 어린이날이 되어서야 지킬 수 있었다. "그때 엄마는 일을 정말 많이 했어. 하루에 두세 개씩. 아빠를 만나고 다음 해 봄이 되었어. 새벽에 건물 복도 청소를 하고 낮에는 대학교 구내식당에서 일을 했지. 그리고 밤에는 야식집 주방 일을 도왔어. 늘 막차를 타고 집에 왔지. 그런데 그날은 이상하게 걷고 싶더라고. 아마 벚꽃이 활짝 펴서 그랬을 거야." 엄마가 내 이마를 만지는 게 느껴졌다. 엄마의 손길을 느끼며 나는 얼마 전에 벚꽃 구경을 가 보고 싶다는 엄마에게 퉁명스럽게 대답한 걸 후회했다.

(벚꽃 나무 아래에 돗자리를 깔고 앉아 가족들이 같이 유부초밥을 먹는 게 엄마의 소원이었다. 아, 상상만 해도 부끄러운 일이다. 하지만 눈 딱 감고 그렇게 해 주겠다고 나는 결심했다.) "바람이 좀 불었어. 그 바람에 꽃잎이 떨어지는데 어찌나 아까운지. 한참을 걷는데 스티로폼 상자 하나가 날아가더라. 꽃잎은 내 머리로 떨어지고 달빛은 환한데, 이상하게 스티로폼 상자가, 그 버려진 상자가, 꼭 나 같더라고. 그래서 바람에 날아가는 상자를 쫓아갔지. 쫓아가서 막 발로 밟았어." 스티로폼 상자가 부서지면서 하얀 알갱이들이 날렸을 것이다. 눈처럼. 나는 그 눈을 맞고 있었을 엄마를 상상해 보았다. 벚꽃잎들과 부서진 스티로폼의 잔해가 깔려 있는 길가에 쪼그리고 앉아서 울고 있을 엄마를. 그 날 엄마는 결심했다. 어떤 일이 있어도 저런 스티

로폼 상자처럼 되지는 않을 것이라고. 누가 밟아도 절대 부서지지 않을 것이라고. 그래서 아빠에게 말했다. 약속한 짜장면을 내 딸에게 사 주라고.

나는 엄마의 이야기를 더 듣고 싶었지만 그만 깜빡 잠이 들었다. 꿈속에서 나는 엄마랑 아빠랑 민주 누나랑 셋이서 짜장면을 먹는 장면을 보았다. 엄마랑 누나가 나란히 앉았고 그 맞은편에 아빠가 앉았다. 엄마가 곱빼기를 시켜서 나눠 먹으면 된다고 했지만 아빠가 세 그릇을 시켰다. 일곱 살인 누나는 짜장면을 남겼다. "거봐요, 아깝게." 엄마의 말에 아빠가 대답했다. "내가 먹으면 되죠." 아빠는 누나가 남긴 짜장면을 먹었다. 아빠는 모르겠지만 엄마의 마음이 기운 것은 바로 그 순간이었다.

엄마가 내 이마에 뽀뽀를 하는 게 느껴졌다. 나

는 속으로 중얼거렸다. 누가 봐요. 창피하단 말이에요.

3

나는 버스 정류장에 앉아 있었다. 그날 처음 가 본 동네였다. 아마 부모님은 내가 왜 그곳에 앉아 있었는지 궁금해할 것이다. 학교에서 좀 속상한 일이 있었다. 수업 끝나고 우현이한테 라면을 먹으러 가자고 했다. 그랬더니 부모님이 친척 장례식에 가서, 동생들 저녁을 차려 줘야 한다는 것이었다. (우현이에게는 열 살 차이가 나는 쌍둥이 동생들이 있었다. 쌍둥이 이름은 신이와 진이였다. 이신. 이진. 우현이는 동생들 이름을 말해 주면서 내게 이런 농

담을 했다. "아빠가 신라면을 좋아하고 엄마가 진라면을 좋아해서 이름을 그렇게 지었대." 그 말을 들을 때 나는 이렇게 대답했다. "짜파게티 좋아했으면 큰일 날 뻔했다.") 그랬는데 하교를 하다 우현이가 다른 친구들하고 PC방으로 들어가는 것을 보았다. 나는 좀 속상했다. 그래서 혼자라도 자전거를 타고 정자에 가서 라면을 먹을까 하는 마음으로 공유 자전거 하나를 빌렸다. 우현이랑 나는 자전거가 없었다. 우리는 종종 공원에 있는 공유 자전거를 이용했다. 한 시간에 천 원. 20분쯤 자전거를 타고 가다 보면 우리들의 아지트인 정자가 나온다. 내가 작년에 발견한 곳이다. 중간고사 기간이었다. 시험도 망치고 해서 학교 근처 공원을 어슬렁거리고 있었는데 거기서 공유 자전거를 보았다. 이용 방법을 살펴보다가 결제를 하고 말았다. 돈이

아까워 자전거를 탔고, 타다 보니 낯선 곳을 가게 되었고, 그러다 다리가 아파 어느 정자에 앉아 쉬게 된 것이다. 여름에 여기 앉아서 수박 먹으면 좋겠네. 그런 생각이 들었다. 그때 어느 할아버지가 오더니 정자는 자기 거라고 했다. 자신이 직접 지은 거라고. 내가 죄송하다며 일어나려고 하자 할아버지가 라면 먹고 가라고 했다. 그러고는 정자 아래에서 냄비와 휴대용 가스버너를 꺼냈다. "물 받아 와." 할아버지가 내게 냄비를 주며 정자 뒤쪽을

가리켰다. 물을 받으면서 나는 할아버지한테 소리쳤다. “몇 개요? 두 개요?” “네 마음대로.” 나는 세 개를 끓일 물을 받았다. 라면을 다 먹고 나서 할아버지가 내게 말했다. “심심하면 여기 와서 라면 끓여 먹어. 라면은 네가 사 오고.” (할아버지는 손자를 위해 정자를 지었는데 정자를 다 짓기도 전에 아들네가 이민을 갔다고 했다.) “친구들이랑 와서 놀아도 된다. 술 담배만 안 하면.” 할아버지가 말했다.

그 후로 혼자 다니다가 우현이랑 친구가 된 뒤로는 둘이 다녔다. 올 여름에는 삼겹살도 구워 먹기로 약속을 했는데. 우현이랑 같이 PC방에 간 녀석들 중 한 놈은 작년에 나를 괴롭혔다. 내 신발에 침을 뱉기도 했다. 그런 녀석들하고 어울리다니. 이제 다시는 우현이랑 라면을 끓여 먹는 날은 오지 않을 것 같았다. 그 생각을 하자 갑자기 정자에 가기 싫어졌다. 그래서 삼거리에서 우회전을 했다. 그 길은 처음 가 보는 길이었다. 우회전을 하고 또 우회전을 하고 그리고 좌회전을 했다. 오르막길을 오르는데 허벅지가 터질 것만 같았다. 그러다 중간에 포기. 자전거를 끌고 가다가 버스 정류장이 보이길래 거기 의자에 앉았다. 내가 앉자 꼬마 아이가 옆으로 움직여 자리를 넓혀 주었다. 나는 고맙다고 말했다. "뭘요." 아이가 대답했다. "혼자 어디 가는 거니?" 내가 물었다. 아이가 엄마를 기다리는 중이라고 했다. 엄마는 5시 반에 퇴근을 해서 5시 45분 버스를 타고 6시 10분이면 이 정류장에 도착한다는 거였다. 내가 똑 부러지게 말도 잘한다고 했더니 아이가 왕년에는 더 똑똑했어요, 하고 대답했다. 그 말이 웃겨 나는 웃었다. 왕년이라니. 내가 웃으니 아이가 정색하며 말했다. "우리 할아버지가 자주 하던 말이에요. 작년에 돌아가셔서 대신 내가 쓰는 거예요." 그 말에 나는 웃음을 멈췄다. 그리고 아이에게 사과했다. 웃어서 미안하다고. 그런데……. 그 말을 내가 입 밖으로 했던가. 잘 기억이 나지 않는다. 내가 마지막으로 본 장면은 버스 한 대가 빠른 속도로 달려오다가 차선을 넘는 것이었다. 차가 심하게 흔들리는 것 같네. 그 생각을 하자마자 버스가 앞서 달리던 승합차의 뒤를 박았다. 승합차가 한 바퀴 돌았다. 어! 하고 누군가 큰 소리로 외쳤다. 그게 마지막이었다. 아무리 기억하려 해도 그다음은 기억나지 않았다. 그런데, 꼬마 아이는 무사할까?

4

응급실이 소란스러워졌다. 발소리가 여기저기서 들렸다. 누군가 뛰는 소리. 바퀴 소리. 신음 소리. 우는 소리. 손가락도 움직일 수 없고 발가락도 움직일 수 없고 눈도 뜰 수 없는데 모든 소리가 내 옆에서 속삭이는 것처럼 들렸다. 내 침대로 자주 오는 발소리들도 있다. 삑삑. 피식. 딱딱. 이 세 발소리가 가장 자주 왔다.

삑삑은 신발 한 짝에 문제가 있는 것 같았다. 걸을 때마다 한쪽에서만 삑삑 소리가 났다. 오른쪽인지 왼쪽인지는 잘 모르겠다. 나는 삑삑이 내 링거를 갈아 줄 때면 한쪽에 의족을 낀 사람을 상상해 보곤 했다. 어릴 때 사고를 당해 한쪽 다리를 잃은

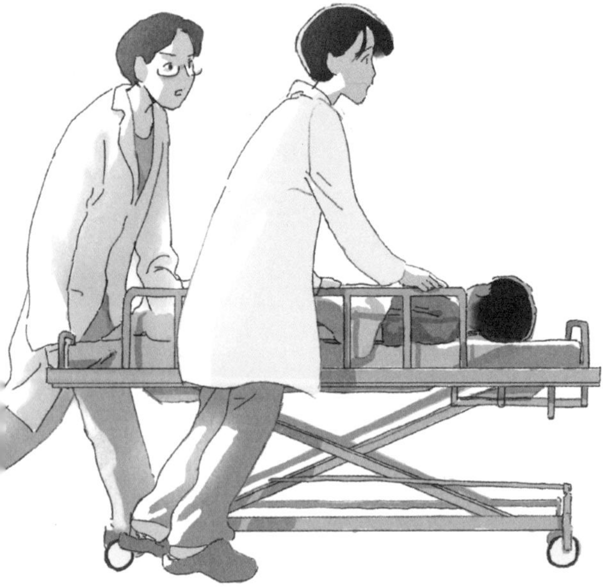

사람. 어떤 사고라고 할까? 교통사고? 그건 너무 평범했다. 나 같은 사람도 당할 정도니까. 지진. 그래, 지진이 일어났다고 생각하자. 지진으로 무너진 건물 아래에 깔려 한쪽 다리를 절단할 수밖에 없었던 사람. 그래도 좌절하지 않고 공부를 해서 응급실 간호사가 된 사람. 삑삑은 늘 손이 차가웠다. 그래서 주삿바늘을 갈거나 혈압을 잴 때마다 나는 깜짝 놀라곤 했다.

피식은 걸을 때마다 신발에서 바람 빠지는 소리가 났다. 왠지 키가 작고 배가 나온 아저씨일 것 같았다. 그 소리를 들을 때마다 나는 브라운 박사를 떠올렸다. (만화 「명탐정 코난」에 나오는 그 박사 말이다.) 뭐든지 척척 만들어 내는 박사가 내 의사 선생님이길. 하지만 현실은 그렇지 않았다. 피식은 목소리가 굵은 남자에게 자주 혼났다. 누군가의 질문에 대답할 때마다 목소리가 떨렸다. 자주 한숨을 쉬었다. 그래도 나는 피식이 좋았다. 아침마다 내게 잘 잤니? 하고 말해 주기 때문이었다. 아침이면 내가 깨어난다는 걸 믿는 사람처럼.

딱딱은 콧노래를 자주 흥얼거렸다. 늘 같은 노래였는데 나는 모르는 노래였다. 딱딱은 발이 재빨랐다. 저 멀리서 발소리가 들리는 것 같은데 어느 순간에 내 쪽에 와 있곤 했다. 딱딱의 콧노래 소리를 들으면 나도 속으로 노래를 부르려고 노력했다. 까무룩. 잠은 시도 때도 없이 왔다. 그때마다 나는 엄마가 즐겨 부르던 노래의 가사를 생각하려고 애를 썼다. 아 어쩌란 말이냐 흩어진 이 마음을. 아 어쩌란 말이냐 이 아픈 가슴을. 엄마는 자주 그 노래를 불렀다. 특히 음식을 하면서. 엄마가 그 노래를 부르며 칼질을 하는 날은 이상하게도 음식이 맛이 있었다. (어렸을 적에 다 같이 노래방에 간 적이 있었다. 아빠 친구가 노래방을 개업했다고 해서. 그때 엄마는 그 노래를 불러 99점을 받았다. 엄마 말에 따르면 고등학교 3학년 때 학교 축제에서 그 노래를 불러 우수상을 받은 적도 있다고 했다.) 엄마가 노래를 부르며 음식을 하면 누나는 이렇게 개사를 해서 따라 부르곤 했다. 아 어쩌란 말이냐 텅 빈이 지갑을. 아 어쩌란 말이냐 돈 없는 마음을. 물론 엄마한테 씨알도 먹히지 않았다. 그건 엄마 말투였다. 씨알도 안 먹혀. 엄마가 그 말을 하면 그건 진짜 정말로 안 된다는 뜻이었다. 엄마의 노래를 흥얼거리다 보니 왠지 배가 고파졌다. (예전에 지독한 독감에 걸린 적이 있었다. 아빠랑 빙어 낚시 축제에 갔다 온 뒤에. 그때 사흘을 앓고 난 뒤 내가 엄마한테 한 첫말은 배고파,였다. 그때 엄마가 이렇게 말했다. "이제 됐네. 배고프면 다 나은 거야.") 배가 고픈 건 좋은 징조겠지. 아직까지 생각나는 음식은 없지만 그래도 배가 고프다는 느낌은 들었다. 꼬르륵. 그 소리가 났으면 좋겠다. 이제 나는 들을 수도 있고 냄새를 맡을 수도 있고…… 배가 고픈 것도 느껴졌다.

5

아빠가 왔다 갔다. 아빠는 어제저녁에 웃긴 손님이 왔었다는 이야기를 들려주었다. 삼십 대로 보이는 남녀였는데 주문을 하는 데만 10분이 걸렸다고 했다. "메뉴판을 처음부터 끝까지 세 번이나 읽더라고. 맞은편에 앉은 여자 친구는 익숙한 듯 한숨만 쉬고." 처음에는 파전에 잔치국수를 시키더니 바로 김치전으로 바꾸었다. 그리고 아빠가 김치전을 팬에 올려놓자마자 감자전으로 바꿀 수 없느냐고 물었다. 아빠가 안 된다고 했더니 갑자기 감자전이 너무 먹고 싶어졌다는 거였다. 남자는 감자전이 안 되면 잔치국수를 감자수제비로 바꿔 달라고 했다. "옆에서 가만히 듣고 있던 여자가 갑자기 이렇게 소리치더라고. 다 먹어. 다 먹으라고. 남자는 정말로 다 시켰어. 그러고는 반도 안 먹고 남겼지." 아빠는 나중에 애인을 사귀게 되면 절대 그런 남자는 되지 말라고 덧붙였다. (아이고, 별게 다 걱정이네. 나는 속으로 대답했다.) 지난번에는 해물파전을 시킬 것인지 감자전을 시킬 것인지 싸우던 부부 이야기도 해 주었다. 아빠네 가게 단골인데 올 때마다 늘 싸운다는 거였다. 그렇게 싸울 거면 두 개를 시키세요. 한번은 아빠가 말했더니 절대 그런 일은 있을 수 없다고 부부가 동시에 대답했다. 그러면 가위 바위 보를 하라고 했더니 또 그건 너무 쉬워서 싫다고 부부가 동시에 대답했다. 말싸움에서 이긴 사람이 자기가 원하는 안주를 시키고 말싸움에서 진 사람은 계산을 하는 게 그들 부부의 규칙이었는데, 아빠가 지난 일 년 동안 자세히 살펴보니 반반이었다는 거였다. 한번은 여자가, 한번은 남자가.

아빠는 그 부부가 싸우는 게 귀여워서 절대 반반전은 만들지 않겠다고 했다. 반반전은 두 가지 전을 반반씩 만들어 주는 안주인데 작년부터 엄마가 만들자고 강력하게 주장하고 있다.

아빠가 왔다 가면 나는 또 잠을 잤다. 엄마는 오후가 되어서 오니까. 점심에는 엄마가, 저녁에는 아빠가 가게를 운영했다. 엄마는 아침 일찍 가게에 가서 멸치 육수를 냈다. 그리고 점심시간이 되면 잔치국수와 수제비를 팔았다. 아빠가 2시쯤 출근을 하면 두 분은 저녁 장사를 위해 재료들을 손질했다. 그리고 4시쯤 엄마는 퇴근을 하고 아빠는 저녁 장사를 시작했다. 아빠가 가게 문을 닫는 시간은 새벽 3시. 그러니까 아빠는 나한테 왔다 출근을 하고 엄마는 퇴근을 한 다음 나한테 왔다. (어떻게 아느냐고? 엄마의 몸에서는 멸치 국물 냄새가 나니까. 아빠한테서는 멸치 국물 냄새가 나지 않으니까.)

6

엄마는 어제저녁에 텔레비전에서 본 달인 이야기를 들려주었다. 음식 배달을 삼십 년 넘게 했다는 여자가 나왔는데 머리에 쟁반을 이고 오토바이를 몬다고. 쟁반을 손으로 잡지도 않고 좁은 골목길을 이리저리 다닌다고. “심지어 쟁반을 서너 개씩 쌓아 나르는데 국물 하나 흘리지 않아.” 엄마는 이런 이야기를 좋아했다. 소리만 들어도 변기에 금이 갔는지 아닌지 찾아낼 수 있는 변기 공장의 공장장이라거나, 1분에 꽈배기를 육십 개나 만드는 꽈배기집 사장이라거나, 그런 사람들 이야기. (솔직히 나는 그런 사람들 이야기가 싫었다. 아니, 그런 사람들을 놀랍게 바라보는 엄마가 싫었다. 엄마도 노력이라면 남들 못지않게 했다.) 엄마가 그런

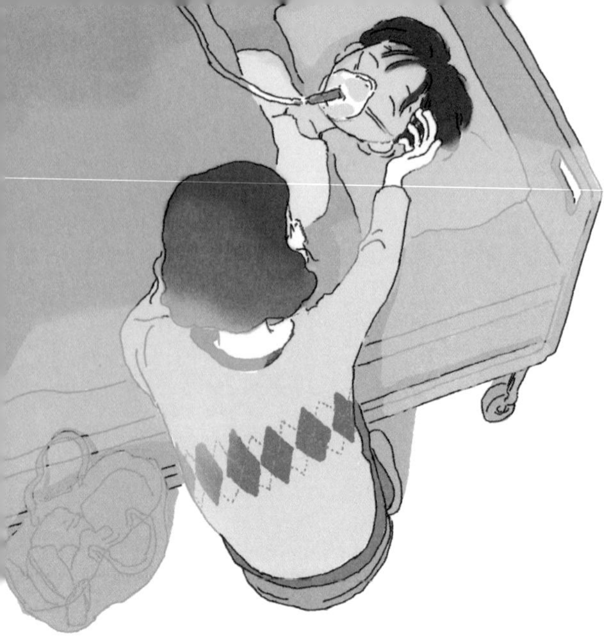

달인들 이야기를 할 때면 나는 늘 이렇게 대꾸했다. "시시해, 시시하다고." 엄마는 내가 그런 말을 하는 걸 싫어했다. "세상에 시시한 건 없어." 나는 그 말이 잘 이해되지 않았다. 세상에는 시시한 게 너무 많았다.

엄마가 가고 난 뒤 나는 쟁반을 다섯 개 겹쳐서 이고 오토바이를 모는 엄마를 상상해 보았다. 틀림없이 엄마도 국물 한 방울 흘리지 않고 배달을 했을 것이다. 엄마라면 꽈배기도 1분에 백 개는 거뜬히 만들 수 있을 것이다. 그딴 게 뭐. 갑자기 화가 나기 시작했다. 화가 났는데 어떻게 화를 내야 할지 몰라 또 화가 났다. 나는 화를 낸 적이 없었다. 엄마는 작년에 담임 선생님한테 그렇게 말했다. 화 한 번 낸 적 없는 착한 아들이라고. 엄마와 면담을

마친 담임 선생님이 내게 말했다. 화를 내고 싶으면 내도 된다고. 그 말에 하마터면 나는 화가 나려고 하면 허벅지를 손으로 꼬집는다고 고백할 뻔했다. 손이 움직이지 않으니 허벅지를 꼬집을 수도 없었다. 그래서 할 수 없이 나는 시간을 거꾸로 돌리는 놀이를 했다. 어릴 때 엄마한테 혼나면 방구

석에 쪼그리고 앉아서 그 놀이를 자주 했다. 열여섯 살인 나. 열다섯 살인 나. 열네 살인 나……. 그렇게 나이를 한 살씩 줄이다 보니 어느새 갓난아이인 내가 보였다. 그 갓난아이를 다시 엄마의 배 속으로 넣어 보았다. 어둡고 축축한 곳으로. 지금 죽는다면 나는 평생 시시하게 살다 죽는 거겠지. 세상엔 시시한 게 많지만 그중 가장 시시한 건 나였다. 그 생각을 하자 눈물이 났다. 한참 후에 빽빽이 내 쪽으로 다가왔다. 그리고 곧이어 사람들한테 소리치는 말이 들렸다. 눈물이에요, 틀림없이 "눈물이라니까요!"

7

학교에 갈 때 타는 마을버스 중에 의자의 비닐이 찢어진 버스가 있었다. 아침 7시 55분 출발 버스였다. 8시 10분에 출발하는 마을버스를 타도 학교에 늦지 않지만 나는 일부러 7시 55분에 출발하는 버스를 탔다. 뒤에서 세 번째 자리. 비닐이 찢어져 누르스름한 스펀지가 보이는 그 자리에 앉기 위해서. 의자가 찢어져서인지 그 자리는 비어 있는 경우가 많았다.

작년에 누군가 그 의자의 비닐을 찢는 걸 보았다. 나보다 어린 남자아이였다. 그 아이가 오므린 허벅지 사이에 칼을 꽂고는 버스가 급출발을 할 때마다 다리를 움직였다. 나는 그 아이를 따라 내렸다. 그리고 따라가 보았다. 아이는 전봇대에 붙은

전단지를 칼로 잘랐다. 한참을 걷다가 어느 가게 앞에 놓여 있는 화분의 꽃을 잘랐다. 그걸 들고 걸으면서 꽃잎을 하나씩 떨어뜨렸다. 또 한참을 걷다 플래카드 앞에 멈추었다. 쓰레기를 버리지 말라는 문구가 적힌 플래카드였다. 아이는 그 플래카드의 가운데에 칼집을 냈다. 그리고 쌓여 있는 쓰레기 사이에 칼을 버렸다. 아이는 또 걸었다.

나는 걸음을 빨리해 아이를 지나쳤다. 지나치면서 고개를 돌려 아이를 보니, 울고 있었다. 아이를 혼내려 했는데 우는 모습을 보자 내가 할 수 있는 일은 아무것도 없다는 생각이 들었다. 그날 이후로 나는 비닐이 찢어진 그 자리에만 앉았다. 누군가 거기 앉아 있으면 나는 앉지 않고 서서 갔다. 그러면서 울던 그 아이를 생각했다.

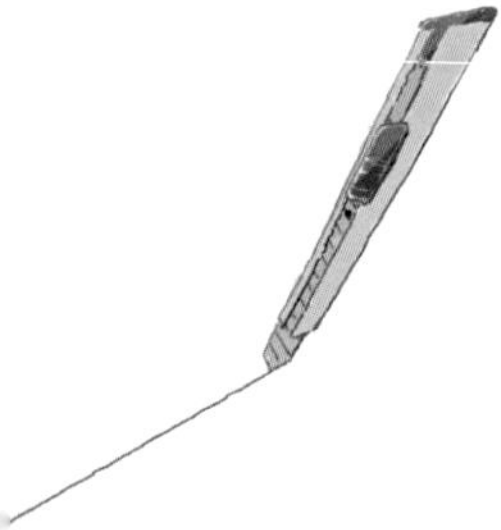

어렸을 때 나는 풍선 간판을 몰래 찢은 적이 있었다. 부모님이 차린 김밥집이 망한 다음이었다. (그해 우리 가족은 지겹게 김밥을 먹었다. 누나는 투덜대며 안 먹었지만 나는 하루 세끼를 먹었다. 묵은지김밥. 그건 정말 맛있었다. 그렇게 맛있는데 왜 장사가 안된 걸까?) 그 자리에 피자집이 생겼다. 오픈 날 사람 모양의 커다란 풍선이 가게 앞에서 춤을 추었다. 두 팔을 흔들면서. 다음 날 가 보았더니 여전히 풍선이 춤을 추고 있었다. 그래서 그랬다. 우리가 망한 자리에서 풍선이 신나게 춤을 추어서. 풍선을 찢은 날 나는 일부러 비를 맞았다. 감기에 걸리고 싶어서. 풍선에서 바람 빠지는 소리가 들렸을 때 통쾌한 기분이 들었는데 그런 내가 무서웠다. 아이가 찢은 의자에 앉으면 풍선 간판을 찢던 그때가 자꾸 생각났다. 그럴수록 거기에 앉았다. 내가 미워서.

8

누군가 내 귀에 대고 속삭였다. "그러면 안 되는 거야." 처음 듣는 목소리였다. 그러면 안 된다고. 누군가가 또 말했다. 속삭이는 소리가 귀에서 들리는 것 같기도 하고 머릿속에서 들리는 것 같기도 했다. 누구세요? 나는 속으로 물었다. 내 옆 침대에 있던 할머니라고 누군가 말했다. 나흘 전에 응급실에 실려 와 지금까지 나를 지켜봤다고. (나흘 전이라니. 그렇다면 나는 얼마나 더 있었던 걸까?) 할머니는 무슨 사고였어요? 나는 물었다. 할머니는 경로당에서 주는 떡을 먹다 기도가 막혀 응급실에 실려 왔다고 했다. 할머니는 경로당을 자주 안 다녔는데 거기에 자기 자랑만 하는 어떤 할머니가 있었기 때문이었다. "손자가 검사라서 사람들이 검사 할머니라고 불렀는데 그것도 꼴 보기 싫었고. 목소리가 큰 것도 듣기 싫었고. 그래서 안 갔는데 그날은 화장실 공사를 해야 한다고 며느리가 그래서 할 수 없이 경로당에 갔지." 경로당에 갔더니 검사 할머니가 자기 생일이라며 떡을 돌렸다. "그걸 한 점 먹었는데 그게 그만 목에 걸렸어." 맛있는 걸 먹을 때는 좋은 생각만 하자는 게 할머니의 평생 신조였는데 그만 미워하는 사람이 준 떡을 먹다가 죽고 말았다고 할머니는 말했다. (나는 할머니에게 죽은 거냐고 물었다. 그랬더니 할머니가 안 그러면 내가 속으로 하는 말을 어떻게 알아듣겠느냐고 반문했다. 그러면 나도 죽은 거예요? 그러자 할머니가 아직은 아니라고 했다.) 나는 할머니와 이야기를 하고 싶지 않았다. 나를 데리고 가려고 왔죠? 할머니에게 소리치고 싶었다.

할머니는 응급실에 입원한 나흘 동안 우리 엄마 아빠가 한 이야기를 다 엿들었다. 아빠가 매일 와서 들려주는 손님들 이야기를 얼마나 기다렸는지 모른다고, 그중에서도 매주 금요일에 혼자 와서 파전과 막걸리를 먹고 가는 손님 이야기가 제일 좋았다고. (파전 가게를 했던 어머니가 돌아가신 뒤 새

사람이 되었다는 아저씨 이야기였다. 어머니가 돌아가시자 아저씨는 매일 마시던 술을 끊고 일을 하기 시작했다. 그리고 매주 금요일 퇴근길에 부모님 가게에 들러 파전을 먹었다. 막걸리는 딱 한 잔만.) 그런 손님들 이야기를 엿듣는 재미에 나흘이나 버틸 수 있었다고 할머니는 말했다. "그게 고마워서 저 위로 가기 전에 너를 찾아온 거야."

할머니는 전쟁 통에 고아가 되었는데 그때 돌아가신 부모님 시신 옆에서 사흘을 울며 보냈다. 그러다 부모님의 영혼과 이야기를 하게 되었고 그 이후로 예지력이 생겼다고 했다. 그러면서 할머니는 앞으로 찢어진 의자에 앉지 않는다고 약속하면 내게 특별히 로또 번호를 알려 주겠다고 말했다. 나는 약속을 했다. 그리고 할머니에게 말했다. 듣고 까먹으면 어떡해요? 우리 엄마 꿈에 들어가서 알려 주면 안 돼요? 내 말에 할머니가 그건 안 된다고 했다. 하늘로 올라가기 전에 할 일이 많다고. 며느리 꿈에도 들어가 숨겨 놓은 비상금 위치도 알려 줘야 하고, 십오 년 전 의절한 친구의 꿈에도 들어가 사과도 해야 한다고. 할머니가 숫자를 알려 주었다. “하루에 백 번씩 숫자를 외워. 그때마다 배꼽에 힘을 주면서. 알았지?” 할머니가 말했다.

그리고 마지막으로 할머니는 이런 이야기를 들려주었다. 저녁 늦게 어떤 여자가 찾아온다고. 찾아와서 아무 말 없이 내 얼굴만 빤히 내려다본다고. 알고 있느냐고. “애인이면 나중에 잘해 줘.” 그 말을 마지막으로 할머니가 떠났다. 나는 그제서야 누나가 매일 찾아왔다는 걸 알았다.

9

수많은 꿈을 꾸었다. 그중에서 물장구를 치는 꿈을 반복적으로 꾸었다. 나는 수영을 할 줄 몰랐다. 꿈속에서도 마찬가지였다. 배경은 자주 바뀌었다. 어느 날은 개울가였다. 돌에 앉아서 나는 두 발로 물을 차며 놀고 있었다. 여섯 살 혹은 일곱 살의 내가 보였다. (큰고모가 어린이날 사 준 장난감을 손에 들고 있었다. 자동차로 변신하는 로봇 장난감이다.) 나는 물장구를 치다 다리가 아프면 로봇을 자동차로 변신시켰다. 그러다 그만 물에 퐁당! 나는 로봇이 멀어져 가는 것을 지켜보았다. 수영을 할 줄 몰랐기 때문에 장난감을 건지러 갈 수 없었다. 물이 무서워서 한 발도 앞으로 내딛지 못했다.

어떤 날은 수영장에서 물장구를 쳤다. 얼굴에 여드름이 많은 걸 봐서 나는 중학생인 듯했다. 물에는 들어가지 못하고 수영장 가장자리에 걸터앉아서 물장구를 쳤다. 다리를 높이 들어 힘차게. 물방울이 내 얼굴에 튀도록. 어떤 날은 바닷가였다. 이제 막 걸음마를 시작한 어린 내가 오리 모양의 튜브에 앉아 있었다. 아직 대머리가 되기 전의 아빠가 튜브를 끌어 주었다. 나는 튜브에 앉아 열심히 물장구를 쳤다. 발이 바다에 닿았다가 말았다가 했다. 그래도 열심히 발을 놀렸다. 물장구치는 꿈을 반복해서 꾼다는 것은 무슨 뜻일까? 꿈은 반대라니까 영원히 걷지 못한다는 말일까. 그런 나쁜 생각이 들 때마다 나는 발가락들을 상상했다. 누가 발바닥을 간지럽혀 주었으면 좋겠다. 엄마는 내가 배 속에 있었을 때 유난히도 발차기를 많이 했다고 했다. 그래, 그래서 그런 꿈을 꾸는 것이다. 태어나기 전부터 발차기를 좋아했으니까.

꿈을 꾸지 않는 시간에는, 깨어 있는 시간에는, 할머니가 알려 준 숫자를 반복해서 외웠다. 3. 8. 11. 26. 44. 숫자를 외우다가 이런 생각을 했다. 눈사람이라고 생각하면 금방 외워질 것 같다고. 8은 눈사람. 3은 배에 있는 세 개의 단추. 11은 양쪽 팔. 거기까지는 금방 상상이 되었다. 44는 양쪽 눈이라고 하자. 반짝반짝 빛나는 눈, 별 모양의 눈이라고. 26은 입하고 코. 2는 이빨이 연상되니까. 6은 코끝이 동그란 눈사람이라고 하면 되니까.

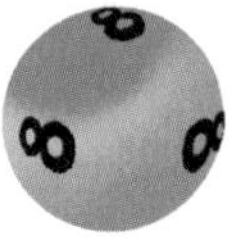

나는 할머니가 알려 준 다섯 개의 숫자로 눈사람을 만들고 만들고 또 만들었다. 그러다 문득, 뭔가 이상하다는 것을 깨달았다. 숫자가 다섯

개뿐이었다. 하나가 모자랐다. 내가 잊은 것일까? 할머니가 말을 안 해 준 것일까? 할머니, 아직 여기 있어요? 나는 할머니를 불렀다. 아무리 불러도 할머니는 대답이 없었다. 나는 너무 속상해서 만들었던 모든 눈사람들이 녹아 사라지는 상상을 하고 또 했다.

10

누나가 왔다. 누나가 올 거라는 생각을 하고 기다렸더니 정말 누나가 내 옆에 서 있는 게 느껴졌다. 비를 맞고 다니는 게 방황의 시작이었다. 우리 가족들은 우산을 쓰기 귀찮다는 누나의 말을 그대로 믿었다. 누나의 마음속에서 무슨 일이 벌어지는

지도 모르는 채. 동생이 생긴다는 말을 들었을 때 누나가 처음으로 한 행동은 오이를 먹는 일이었다고 엄마는 말했다. 누나는 오이를 먹지 않았다. 그랬는데 갑자기 식탁에 있는 오이소박이를 먹으면서 누나가 이렇게 말했다. 동생이 있으니 이제 나는 편식하지 않을 거야.

내가 걸음마를 시작했을 때 누나는 내가 넘어져 다칠까 봐 늘 내 뒤를 따라다녔다고 엄마는 말했다. 그런 누나이니까 기다리면 언젠가는 예전의 누나로 돌아온다고. (엄마 말대로 누나는 예전의 누나로 돌아왔고…… 지난달에 첫 월급을 탔다. 학자금 대출을 다 갚고 나면 그때 내가 갖고 싶은 운동화를 사 주겠다고 누나는 약속했다.) 누나가 내 귀에 대고 뭐라고 속삭였다. 하지만 너무 작아서 뭐라고 하는지 들리지 않았다. 개울에서 로봇 장난감을 빠뜨렸던 꿈은 꿈이 아니었다. 내가 어렸을 때 누나가 물에 떠내려가는 장난감을 건지려다 개울에 빠져 죽을 뻔한 적이 있었다. 아빠가 누나를 건졌을 때 누나는 로봇을 손에 꼭 쥐고 있었다. 나는 누나에게 그걸 아직도 기억하고 있다고 말하고 싶었다. 꿈속에서 로봇은 떠내려가고 누나는 물에 빠지지 않는다고. 그때 누나가 죽지 않아서 정말 정말 다행이라고. 곰곰이 생각해 보니 할머니는 다섯 개의 숫자밖에 말해 주지 않았다. 내가 잊은 게 아니었다.

누나가 또 귓속말을 했다. 누나의 입김은 따뜻했다. 귀가 간질간질했다. 귀가 간질간질하니까 머릿속도 간질간질했다. 입도 간질간질했다. 입술이 본드로 붙은 것 같았다. 누가 붙은 입술을 떼 주기

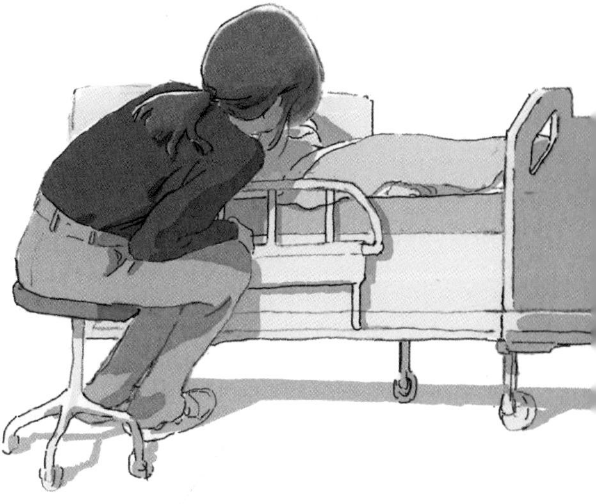

만 하면 나는 수다쟁이가 될 수 있을 것만 같았다. 할머니가 왜 내게 숫자를 말해 주었는지 알 것만 같았다. 배꼽에 힘을 주고 숫자를 외우라는 말. 그렇게 외우다 보면 0부터 9까지 모든 숫자들이 혈관을 따라 내 몸을 돌고 도는 것처럼 느껴졌다.

나는 발가락을 상상했다. 나는 흉터가 있는 오른쪽 종아리를 상상했다. 튀어나와 친구들의 놀림을 받는 배꼽을 상상했다. 그리고 마지막으로 눈코 입을 상상했다. 누나랑 나랑 별명이 똑같았다. 단춧구멍. 아빠 빼고 우리 가족은 다 눈이 작았다. 그렇게 작은 눈인데…… 세상에, 눈꺼풀이 너무나 무거웠다. 하지만 그 무거운 눈꺼풀을 올릴 수만 있다면 앞으로 뭐든지 할 수 있을 것만 같았다.

나는 역도 선수가 되는 상상을 했다. 내 역기는 봉 양쪽에 동그란 눈꺼풀이 달려 있다. 10킬로그램짜리 눈꺼풀이. 나는 역도 선수다. 나는 국가대표다. 나는 대회 결승전에 진출했다. 결승전 경기에 나선 나는 0부터 9까지 천천히 숫자를 세면서 심호흡을 한다. 그리고, 숨을 멈추고 온 힘을 다해 역기를 든다.

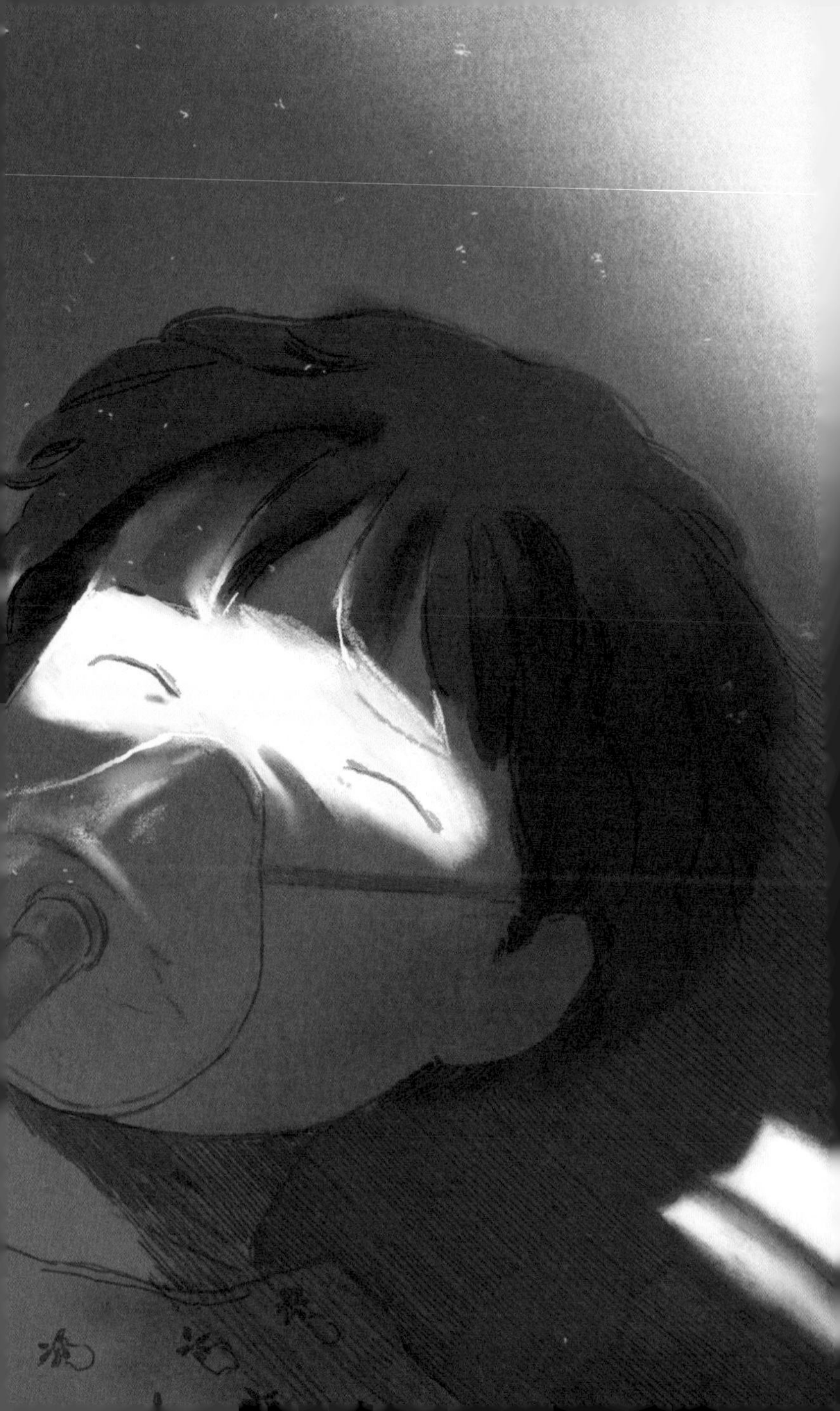

작가의 말

윤성희

저는 종종 이 아이의 일 년 후를 상상해 보곤 합니다.

벚꽃이 피는 날, 엄마의 소원대로 소풍을 가겠지요.

오랜만에 부모님은 가게를 쉴 것입니다.

김밥과 유부초밥과 과일이 들어 있는 도시락이 돗자리에 펼쳐집니다.

바람이 불 때마다 벚꽃잎이 도시락 위로 떨어지겠지요.

"꽃도시락이네." 엄마가 웃으면서 말합니다.

사진 ©Jung Meenyoung

소설의
첫만남 16

눈꺼풀

초판 1쇄 발행 | 2020년 7월 24일
초판 7쇄 발행 | 2023년 10월 23일

지은이 | 윤성희
그린이 | 남수
펴낸이 | 염종선
책임편집 | 정민교
펴낸곳 | (주)창비
등록 | 1986년 8월 5일 제85호
주소 | 10881 경기도 파주시 회동길 184
전화 | 031-955-3333
팩시밀리 | 영업 031-955-3399 편집 031-955-3400
홈페이지 | www.changbi.com
전자우편 | ya@changbi.com

ISBN 978-89-364-5926-0 44810
ISBN 978-89-364-5924-6 (세트)

소설의 첫 만남

활용북

상상력 세트 ★ 02
청기와주유소 씨름 기담 **정세랑** ★ 03
이상한 용손 이야기 **곽재식** ★ 06
원통 안의 소녀 **김초엽** ★ 08

보살핌 세트 ★ 10
눈꺼풀 **윤성희** ★ 11
개를 보내다 **표명희** ★ 13
멍세핀 **박유진** ★ 15

창의력 세트 ★ 18
칡 **최영희** ★ 19
범수 가라사대 **신여랑** ★ 21
아이 캔 **임어진** ★ 23

포용력 세트 ★ 27
엄마의 이름 **권여선** ★ 28
유리와 철의 계절 **아말 엘모타르** ★ 30
우리 미나리 좀 챙겨 주세요 **듀나** ★ 33

정체성 세트 ★ 35
하트의 탄생 **정이현** ★ 36
카이의 선택 **최상희** ★ 38
커튼콜 **조우리** ★ 40

새로운 세계를 그려 보는 힘

상상력 세트

소설의 첫 만남

13-15

ISBN 978-89-364-5899-7(3권)

청기와주유소 씨름 기담

정세랑 소설 | 최영훈 그림 | 값 8,800원 | ISBN 978-89-364-5900-0

한밤중에 도깨비와 씨름을?
잃을 것 없는 알바 인생, 이상한 제안을 받아들였다!

열 살이 되기 전부터 뚱뚱했던 소년. 씨름 선수를 그만두고 주유소에서 아르바이트를 하고 있다. 그런데 어느 날 점장님이 기묘한 제안을 해 왔다. 도깨비와 씨름을 해서, 이기라고. 모두의 호기심을 자극하는 유쾌하고 기묘한 소설.

이상한 용손 이야기

곽재식 소설 | 조원희 그림 | 값 8,800원 | ISBN 978-89-364-5901-7

소년의 마음이 일렁이면 비가 내린다
SF 작가 곽재식이 들려주는 사랑스러운 성장 소설

자신이 용의 자손이라는 것을 알게 된 소년. 소풍 가는 날마다 꼬박꼬박 비가 온 것도 사실은 용이 가진 능력 때문이 아닐까? 소년은 자신의 힘을 다스리려 애쓰지만 다짐처럼 쉽지만은 않은데…….

원통 안의 소녀

김초엽 소설 | 근하 그림 | 값 8,800원 | ISBN 978-89-364-5902-4

우리가 함께 산책을 할 수 있을까요?
자유를 꿈꾸는 두 사람, 지유와 노아의 이야기

첨단 나노 기술로 미세 먼지를 정화하는 미래 도시. 하지만 나노 입자에 알레르기를 보이는 지유는 투명한 플라스틱 원통에 갇혀 지내야 한다. 차이와 차별, 그리고 자유를 갈망하는 마음에 관한 아름다운 이야기.

청기와주유소 씨름 기담

정세랑

1. 도깨비와 씨름을 해서 이겨 달라는 점장님의 부탁처럼 어느 날 터무니없어 보이는 제안을 받는다면 어떨까? 과연 그 제안을 받아들일지 이야기해 보고, 종목을 스스로 정할 수 있다면 무엇으로 겨루고 싶은지 생각해 보자.

2. 다음은 작품 안에서 청기와주유소를 설명한 부분이다. 우리 동네에도 이처럼 지역을 대표할 수 있는 랜드마크가 있는지 생각해 보고, 그곳의 역사 및 특징을 조사해 보자.

• 유명 정유 회사의 1호점이었고, 43년 동안 홍대의 랜드마크였다.

• 어떻게 랜드마크를 허문단 말인가? 주변의 모든 것들이 '청기와'라고 불리는데? 청기와주유소가 사라지면 택시를 타서 이 부근을 어떻게 설명한단 말인가?

3. 만약 주인공이 씨름에서 도깨비에게 패배했다면 주인공의 인생은 어떻게 달라졌을까? 혹은 달라지지 않았을까? 자유롭게 상상해 보자.

이상한 용손 이야기

곽재식

1. 작품의 내용을 참고하여 처음 사랑에 빠지면 어떤 기분일지 표현해 보자.

> 그녀를 처음 봤을 때, 전기가 통했다. 조금의 과장도 아닌 것이, 진짜 번개가 치면서 하늘과 땅 사이에 8천 5백만 볼트의 전기가 통했다.

2. 작품 속에 등장하는 과학 연구 수업처럼 기상천외한 실험을 할 수 있다면 어떤 실험을 하고 싶은지 자유롭게 이야기해 보자.

3. 용을 제외하고 상상 속의 생물을 조사해 보자. 그 생물의 자손이라면 어떤 능력을 물려받게 될지, 그 능력을 다른 사람을 위해 어떻게 쓸 수 있을지 상상해 보자.

예) 인어, 도깨비

원통 안의 소녀

김초엽

1. 지유가 살고 있는 미래 도시의 특징을 정리해 보고, 이에 대한 한 줄 평가를 내려 보자.

	도시의 특징	한 줄 평가
과학 기술의 발전		
복제 인간의 인권		

2. 다음은 지유가 타고 다니는 원통의 모습을 화가가 상상해서 표현한 그림이다. 지유가 어떤 모습의 원통을 타고 있을지 새롭게 상상해 그려 보자.

3. 작품 속에서 지유와 노아는 점점 마음을 열며 친해진다. 두 사람이 서로를 가깝게 느낄 수 있었던 공통점이 무엇인지 생각해 보자.

....

....

....

....

닫힌 마음을 여는

보살핌 세트

소설의 첫 만남

16-18

ISBN 978-89-364-5924-6(3권)

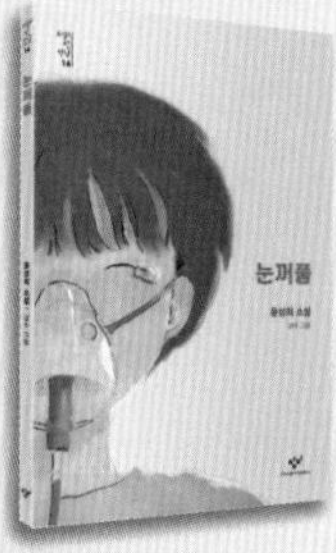

눈꺼풀

윤성희 소설 | 남수 그림 | 값 8,800원 | ISBN 978-89-364-5926-0

멈춘 시간을 깨우는 다정한 귓속말
머리말에서 나를 붙잡아 주는 소중한 목소리들

'나'는 친구에게 바람을 맞고 혼자서 길을 헤매다가 불의의 사고를 당한다. 정신을 차려 보니 병실 침대에 누워 있다는 걸 깨닫는다. 병간호를 오는 아빠, 엄마, 누나에게서 여러 이야기를 들으며 소중했던 기억들을 떠올리는데…….

개를 보내다

표명희 소설 | 진소 그림 | 값 8,800원 | ISBN 978-89-364-5927-7

너의 시간이 멈췄으면 좋겠어
동생이자 친구였던, 나의 작은 개 이야기

갑작스럽게 진서네 집에 오게 된 유기견 진주. 가족들의 무관심 속에 아파트 베란다에서 쓸쓸히 지내던 진주에게 진서는 점점 마음이 쓰인다. 하지만 어느덧 열세 살이 된 개 진주는 건강하던 모습을 잃고 야위어 가는데…….

멍세핀

박유진 소설 | 안유진 그림 | 값 8,800원 | ISBN 978-89-364-5928-4

나의 아홉 번째 엄마, 멍을 지켜야 한다
"나는 조세핀을 멍세핀이라고 불렀다. 줄여서 멍."

외로운 아이 태영은 아홉 번째 보모로 온 조세핀에게 겨우 마음을 연다. 언제나 태영의 편을 들어 주는 건 엄마가 아닌 멍세핀. 그러던 어느 날 멍세핀이 쫓겨날 위기에 처한다. 태영은 멍세핀을 지킬 수 있을까?

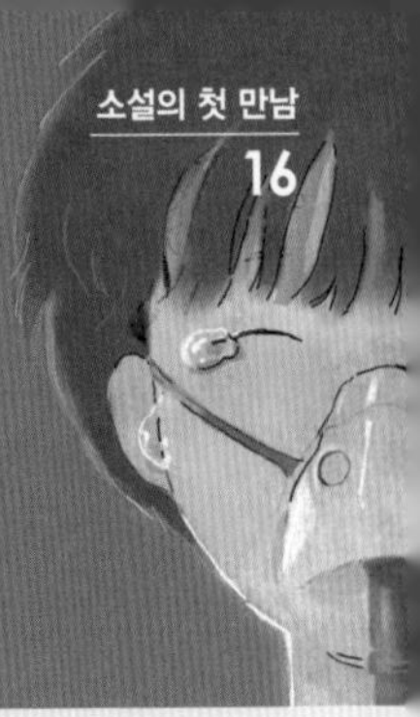

눈꺼풀

윤성희

1. 주인공이 어떤 장소에서 어떤 인물과 만났는지를 생각하며 주인공에게 일어난 일과 주인공이 한 생각을 정리해 보자.

	주인공이 만난 인물	일어난 일
정자	할아버지	
버스 정류장	꼬마 아이	버스 충돌 사고가 일어남
응급실	아빠	
	엄마	
	할머니	
	누나	

2. 주인공은 버스에서 의자 비닐을 찢는 아이를 보고 한마디 하려 하지만, 우는 아이의 모습을 보고 아무 말도 하지 못한다. 이 일 이후 학교에 갈 때 주인공은 버스의 비닐이 찢어진 의자에만 계속 앉는다. 주인공이 어떤 심경으로 그 자리에 앉았을지 생각해 보자.

3. 몸이 아픈 누군가를 간호해 주어야 할 때, 무엇을 할 수 있을지 자유롭게 얘기해 보자.

- 친구에게 들은 재밌는 이야기를 해 준다.
- 화장실에 가다가 넘어지지 않도록 잘 부축해 준다.
- 싱싱한 과일을 깎아 준다.
-
-
-

개를 보내다

표명희

1. 유기견 진주를 받아들이는 진서네 가족이 어떤 태도 변화를 거쳤는지 정리해 보자.

진서	
아빠	
엄마	

2. 진서가 진주에게 마음을 열게 된 계기는 무엇이고, 둘에게 어떤 공통점이 있었는지 생각해 보자.

계기

공통점

3. 반려동물을 키웠던 경험이 있다면 동물을 보살피면서 느꼈던 점을 이야기해 보자. 반려동물을 키운 경험이 없다면, 만약 내가 동물을 데려온다면 어떤 준비가 필요할지 생각해 보자.

멍세핀

박유진

1. 각각의 등장인물이 멍세핀에 대해 어떤 생각을 가지고 있을지 유추하여 정리해 보자.

2. 멍세핀은 색연필, 공책, 초콜릿, CD 등이 담긴 박스를 필리핀에 보낸다. 소중한 사람에게 택배를 보낼 수 있다면, 거기에 무엇을 담을지 구체적으로 적어 보자.

3. 작품에서는 멍세핀의 말이 진실이었는지 거짓이었는지 끝까지 밝혀지지 않는다. 필리핀으로 추방된 멍세핀이 태영에게 편지를 보낸다고 했을 때, 편지의 내용을 짐작해 보자. 단 멍세핀의 말이 진실이었을 경우와 거짓이었을 경우를 나누어 써 보자.

진실	거짓

새로운 길을 찾는 힘

창의력 세트

소설의 첫 만남

19-21

ISBN 978-89-364-5925-3(3권)

칡

최영희 소설 | 김윤지 그림 | 값 8,800원 | ISBN 978-89-364-5929-1

고립된 마을, 괴물 칡을 피해 탈출해야 한다!
덩굴 속에 감춰진 진실을 파헤치는 모험

갑작스러운 주민 대피령으로 텅 빈 마을. 시훈이는 동생의 애착 담요를 가져오기 위해 다시 마을로 향한다. 입구를 지키는 군인을 피해 마을에 들어간 시훈이는 온 마을을 뒤덮은 괴물 칡을 마주하는데…….

범수 가라사대

신여랑 소설 | 하루치 그림 | 값 8,800원 | ISBN 978-89-364-5930-7

사색과 허세 사이, 아슬아슬 범수의 외출
군중 속의 고독이란 이런 것인가! 뼛속까지 고독하군

이제 막 중2가 된 범수는 사색에 찬 산책을 하며 밀려오는 고독을 느낀다. 은근한 뿌듯함과 함께. 한편 변해 버린 범수를 바라보는 엄마의 눈에는 범수의 행동이 그저 허세로만 보이는데……. 어머니, 진정하십시오. 저는 중2병이 아닙니다!

아이 캔

임어진 소설 | 임지수 그림 | 값 8,800원 | ISBN 978-89-364-5931-4

고마웠어, 캔. 나를 지켜 줘서
소년 룬과 구형 로봇 캔의 가슴 뭉클한 우정

로봇과 함께 살아가는 미래 사회. 하지만 인간과 닮은 로봇을 보는 시선이 곱지만은 않다. 불의의 사고로 엄마를 잃은 소년 룬은 캔에게 의지해 몸과 마음을 회복해 나간다. 그러던 어느 날 룬은 피할 수 없는 결정을 내려야 하는데…….

칡

최영희

1. 주변의 일상적인 물건 혹은 생명체가 우리를 위협하는 존재로 변한다면 어떤 형태와 능력을 가졌을지 상상해 그려 보자.

2. 시아의 애착 담요 놈놈이처럼 자신에게 힘이 되어 주는 무언가가 있는지 생각해 보고 이야기를 나눠 보자.

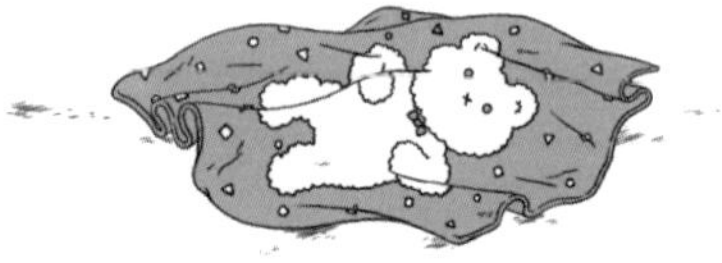

3. 시훈이가 상상한 묘비명처럼 자신이 어떻게 기억되길 바라는지 생각하며 묘비명을 써 보자.

16세 한시훈.
동생 담요도 가져다주지 못하고 칡밭에서 죽다.

묘비명

소설의 첫 만남

20

범수 가라사대

신여랑

1. 이 작품에서 범수는 '사색'과 '산책'에 몰두한다. 범수처럼 주위의 시선을 신경 쓰지 않고 어떤 것에 몰두했던 경험이 있다면 이야기해 보자. 그리고 그 행동을 주위 사람들이 어떻게 받아들였는지 기억나는 대로 써 보자.

경험	주위의 반응

2. 범수는 늘 신고 다니던 운동화가 전족같이 느껴진다고 호소한다. 학교나 일상 속 규칙이 답답하게 다가온 경험이 있는지, 어떻게 개선되면 좋을지 적어 보자.

"그러니까 어머니, 운동화가요, 전족 같다는 겁니다."
"지금껏 잘만 신고 다니던 운동화가 왜 이제 와서 전족 같은데!"
"아, 그야 알을 깨고 나왔다고 할까요. 저도 이제 그럴 나이가 됐잖습니까?"

3. 범수는 '빨간색 형광 쓰레빠'를 신고도 교문에서 선도부에게 걸리지 않는다. 만약 범수가 '빨간색 형광 쓰레빠' 때문에 학교에서 반성문을 쓰게 된다면, 범수의 입장에서 어떻게 적을지 생각해 보자.

아이 캔

임어진

1. 소설 속 로봇 캔의 모습을 참고하여 내가 생각하는 캔의 모습을 그려 보자.

> 캔은 조금 단순하고 친근한 쪽이었다. 인간의 신체와 이목구비를 똑같이 흉내 냈다기보다는 초기 로봇들의 특징대로 어딘가 애니메이션 캐릭터를 더 닮아 있었다. 피부와 눈동자의 움직임까지 진짜 사람에 가까워진 최신 안드로이드와는 비교가 안 됐다.

2. 캔은 인간의 감정을 읽고 반응하며 스스로 생각하고 대화를 나눌 수 있는 로봇이다. 나에게도 캔과 같은 로봇 친구가 있다면 함께 무엇을 하고 싶은지 자유롭게 이야기해 보자.

(캔은) 나에 대해서라면 모르는 게 없었다. 내 성장 기록과 영상은 모두 캔에게 저장되어 있었다. 엄마는 뭔가 잘 기억나지 않으면 바로 캔을 불렀다. 캔은 엄마가 좋아하는 시인들의 시와 가수들의 곡은 모조리 저장하고 있었다. 엄마와 나는 캔이 모르는 신곡을 누가 더 많이 찾아내나 내기를 하기도 했다.
엄마가 바쁠 때면 나는 종일 캔과 지냈다. 같이 게임을 하고 자전거를 타고 간식을 만들어 먹고…….

3. 사람의 인권처럼 로봇의 권리를 인정하는 '로봇 보호법'을 제정한다고 했을 때, 아래와 같이 대한민국헌법 제2장의 조항들을 참고해 어떤 법안을 마련할 수 있을지 토의해 보자.

대한민국헌법 [시행 1988. 2. 25] [헌법 제10호, 1987. 10. 29., 전부개정]

제2장 국민의 권리와 의무

제10조

모든 국민은 인간으로서의 존엄과 가치를 가지며, 행복을 추구할 권리를 가진다. 국가는 개인이 가지는 불가침의 기본적 인권을 확인하고 이를 보장할 의무를 진다.

제11조

①모든 국민은 법 앞에 평등하다. 누구든지 성별·종교 또는 사회적 신분에 의하여 정치적·경제적·사회적·문화적 생활의 모든 영역에 있어서 차별을 받지 아니한다.

②사회적 특수계급의 제도는 인정되지 아니하며, 어떠한 형태로도 이를 창설할 수 없다.

③훈장등의 영전은 이를 받은 자에게만 효력이 있고, 어떠한 특권도 이에 따르지 아니한다.

제12조

①모든 국민은 신체의 자유를 가진다. 누구든지 법률에 의하지 아니하고는 체포·구속·압수·수색 또는 심문을 받지 아니하며, 법률과 적법한 절차에 의하지 아니하고는 처벌 · 보안처분 또는 강제노역을 받지 아니한다.

②모든 국민은 고문을 받지 아니하며, 형사상 자기에게 불리한 진술을 강요당하지 아니한다.

③체포·구속·압수 또는 수색을 할 때에는 적법한 절차에 따라 검사의 신청에 의하여 법관이 발부한 영장을 제시하여야 한다. 다만, 현행범인인 경우와 장기 3년 이상의 형에 해당하는 죄를 범하고 도피 또는 증거인멸의 염려가 있을 때에는 사후에 영장을 청구할 수 있다.

로봇 보호법

제1조

①모든 로봇은 로봇으로서의 존엄과 가치를 가진다. 인간은 로봇이 가지는 불가침의 기본적 로봇권을 확인하고 이를 보장할 의무를 진다.

②모든 로봇은 인간과 같이 법률에 의하지 아니하고는 체포·구속·압수·수색 또는 심문을 받지 아니하며, 법률과 적법한 절차에 의하지 아니하고는 처벌·보안처분 또는 강제노역을 받지 아니한다.

제2조

①모든 로봇은 법 앞에 평등하다. 소유권을 가진 인간의 성별·종교·사회적 신분뿐만 아니라 로봇의 연식·제조처·기능과 종류 등에 의하여 정치적·경제적·사회적·문화적 생활의 모든 영역에 있어서 차별을 받지 아니한다.

②

③

제3조

제4조

더 넓은 세상을 바라보는

포용력 세트

소설의 첫 만남

22-24

ISBN 978-89-364-5966-6(3권)

엄마의 이름

권여선 소설 | 박재인 그림 | 값 8,800원 | ISBN 978-89-364-5948-2

있는 그대로 서로를 사랑하기로 결심한 엄마와 딸 이야기
작가 권여선의 첫 청소년소설

반희는 딸 채운을 아끼기에 딸이 자신을 닮지 않고, 다르게 살기를 바란다. 딸과도 거리를 두는 엄마 반희에게 내심 서운했던 채운은 어느 날 함께 여행을 가자고 제안한다. 단둘이 떠나는 첫 여행 동안 두 사람은 서로를 '엄마'와 '딸'이 아닌 각자의 이름으로 부르기로 약속하는데…….

유리와 철의 계절

아말 엘모타르 소설 | 이수현 옮김 | 김유 그림 | 값 8,800원
ISBN 978-89-364-5949-9

넌 아무것도 잘못하지 않았어
서로를 구원하기 위해 다시 쓰는 사랑 이야기

태비사는 무쇠 구두를 신고 걸어야 하는 저주에 걸렸다. 아미라는 유리 언덕 꼭대기에 앉아 꼼짝하지 못한다. 어느 날 유리 언덕을 발견한 태비사는 비탈을 올라 아미라를 만난다. 마법에 걸린 태비사와 아미라, 두 사람은 행복해질 수 있을까?

우리 미나리 좀 챙겨 주세요

듀나 소설 | 이현석 그림 | 값 8,800원 | ISBN 978-89-364-5950-5

기계와 인간의 경계에서
작가 듀나가 던지는 편견 없는 질문

해남고생물공원에는 타조 DNA를 기반으로 만든 생물학적 공룡 '미나리'가 산다. 25년 동안 아기로 살아온 메카 공룡 '소담이'는 그런 미나리에게 친구가 되어 준다. 미나리를 돌보는 메카 인간 '현승아'는 어느 날 소담이와 미나리가 사라진 것을 발견하는데…….

엄마의 이름

권여선

1. 나에게 소중한 사람의 이름에 어떤 의미가 담겨 있는지 알아 보자. 내 이름은 누가, 어떤 뜻을 담아 지었는지도 함께 정리해 보자.

▶ 소중한 사람의 이름:

▶ 이름의 뜻:

▶ 내 이름을 지어 준 사람:

▶ 이름의 뜻:

2. 가족이나 친구와 여행을 떠날 수 있다면 누구와, 어디로 떠나고 싶은지 여행 계획을 세워 보자.

예시 ▶ 함께 떠나고 싶은 사람: 할머니
▶ 가고 싶은 곳: 할머니 고향에 찾아가 할머니가 어린 시절 즐겨 먹던 맛집에 찾아가 보고 싶다.

▶ 함께 떠나고 싶은 사람: ....

▶ 가고 싶은 곳: ....

3. 시대가 흐름에 따라 단어에 담긴 차별적인 의미나 부정적인 인식을 깨닫고, 새로운 표현으로 바꾸는 사례를 조사해 보자. 일상적으로 사용하는 표현 중 문제의식을 느낀 단어가 있다면 수정 방향을 친구들과 이야기해 보자.

예시 ▶ 살색 → 살구색 ▶ 유모차 → 유아차

이전 표현	새로운 표현

4. 본문에서 엄마가 "쩔었어.", "빡세네."와 같은 신조어를 사용하는 모습을 통해 작가가 드러내고자 한 바가 무엇일지 생각해 보자.

엄마, 이번 여행 어땠어?

쩔었어.

채운이 기가 막힌 얼굴로 반희를 보았다.

좋았다는 뜻이지?

응.

뭐가 그렇게 쩔었어?

음, 내 딸을 좀 더 잘 알게 되고 이해하게 되었다고나 할까?

유리와 철의 계절

아말 엘모타르

1. 태비사와 아미라에게 걸린 마법은 무엇인지, 누가, 그리고 왜 그런 마법을 걸었는지 정리해 보고, 그 이유가 타당했는지 이야기해 보자.

	태비사	아미라
마법		
마법을 건 사람		
이유		

2. 아래 장면에서 아미라가 태비사에게 기러기 이야기를 꺼낸 이유는 무엇일지 생각해 보자.

"당신은 왜 무쇠 구두를 신고 걷나요?"
태비사가 입을 떼지만 말을 잇지 못하고, 아미라는 그 말들이 태비사의 입 안에서 찌르레기 떼처럼 넘실대는 모습이 보인다. 이마리는 화제를 바꾸기로 한다.
"기러기가 머리 위로 날아갈 때 나는 소리 들어 봤나요? 흔히 아는 끼룩끼룩 소리 말고, 날갯소리요. 기러기 날갯소리 들어 봤어요?"

3. 아래는 아말 엘모타르의 '작가의 말'이다. 밑줄 친 문장의 의미에 대해 생각해 보면서 옛날이야기 하나를 골라 다시 쓰기를 해 보자.

이 이야기는 조카를 위해 썼습니다. 그 아이가 일곱 살 때 나보고 옛날이야기를 하나 해 달라고 했는데, 머릿속에 떠오르는 이야기는 하나같이 여자들이 서로에게 잔인하고 끔찍하게 구는 내용이 있더군요. 그런 이야기 말고, 여자들이 서로를 사랑하고 서로를 구하는 이야기를 해 주고 싶었기에 제가 하나 지어냈어요. 여러분도 그랬으면 합니다. 우리 모두는 우리가 만든 이야기 속에 사니까요. 여러분이 서로의 이야기를 알아보고, 각자가 이 세상에서 보고픈 이야기를 할 수 있도록 서로 도울 줄 알게 됐으면 좋겠습니다.

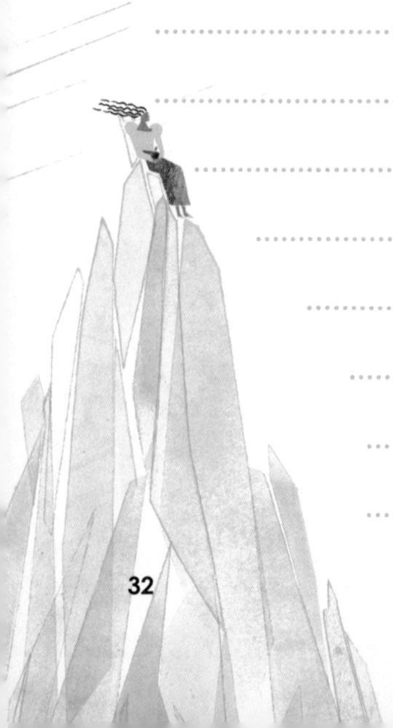

우리 미나리 좀 챙겨 주세요

듀나

1. 이 작품에는 메카와 생물이 공존하는 사회가 등장한다. 각 캐릭터들이 어떤 존재인지 O, X로 표시하고, X라면 문장을 맞게 고쳐 아래에 써 보자.

차마린은 생물학적 인간이다 (　　)

메카 현승아의 모델은 인간 현승아다 (　　)

아니스 혜는 인간 DNA를 구현해 다시 만든 생물이다 (　　)

파랑이는 인간형 메카다 (　　)

노랑이는 공룡형 메카다 (　　)

파티마 혜는 아니스 혜의 생물학적 가족이다 (　　)

최한림은 생물학적 인간이나,
사고로 몸 일부를 메카로 바꾸었다 (　　)

미나리는 메카 공룡이다 (　　)

2. 아래 대사에서, 밑줄 친 '프로그램'은 작품에 등장하는 남자아이들에게 적용된 것이다. 아니스 혜를 공격하게 만든 이 프로그램이 구체적으로 어떤 존재를 미워하게 만드는지 유추하여 적어 보자.

"프로그램은 멀쩡합니다. 원래 저런 놈들로 만들어 전시 중이었으니까요. 하지만 이번에 박물관 보안 프로그램을 손보는 동안 뭔가 잘못된 것 같습니다. 어쩌다 보니 저것들이 바깥으로 나왔고 그 뒤에도 프로그램에 따라 행동한 거예요."

....

....

....

3. 해남에는 메카 익룡이 경찰 드론 대신 날아다니고, 메카 부경고사우르스가 해안 안전 요원으로 근무한다. 해남과 해남고생물공원에 있을 만한 다른 존재들을 상상하여 그리고 그림에 설명을 덧붙여 보자.

나를 알아 가는 용기
정체성 세트

소설의 첫 만남
25-27

ISBN 978-89-364-5965-9(3권)

하트의 탄생

정이현 소설 | 불키드 그림 | 값 10,000원 | ISBN 978-89-364-3103-7

그날 내 안에 파란 하트가 태어났다
엄마 아빠는 모르는 진짜 나의 모습

열다섯 살 주민이는 자신의 모습이 항상 불만이다. 화려한 SNS 인플루언서인 엄마의 눈에는 주민이의 성적도 외모도 한없이 부족한 것만 같다. 서러운 마음에 올린 영상이 갑자기 화제에 오르고, 사람들은 영상에 언급된 인플루언서 엄마의 정체를 추적하는데…….

카이의 선택

최상희 소설 | 손채은 그림 | 값 10,000원 | ISBN 978-89-364-3104-4

"열일곱 살 생일의 과제. 나는 선택해야 한다."
차별과 편견에 맞서 자기 삶을 찾아가는 눈부신 여정

'카이'는 특별한 능력을 갖고 태어난 존재들이다. 죽음을 예측하는 능력, 타인의 마음을 읽는 능력 등 카이들의 능력은 다양하다. 3초 후 미래를 보는 카이인 마하는 그 능력 때문에 친구들에게 따돌림당한다. 그런 마하에게 '선택'을 해야 하는 열일곱 살 생일이 다가오는데…….

커튼콜

조우리 소설 | 공공 그림 | 값 10,000원 | ISBN 978-89-364-3105-1

연극이 끝나도 우리의 이야기는 끝나지 않아
용감한 발걸음으로 만들어 나가는 나만의 커튼콜

"왜 그래, 루나야. 무슨 고민 있어?" 학교 창작 연극에서 '루나' 역을 맡은 중학생 은비는 긴장으로 대사를 잊어버리고, '아리에트' 역을 맡은 윤서가 대본에 없는 대사를 급하게 내뱉는다. 연기에 재미를 느끼며 누구보다 잘 해내고 싶은 마음이 가득한 은비. 하지만 실수를 연발하는 스스로의 모습에 실망하여 자신에게 재능이 없다고 자책하는데…….

하트의 탄생

정이현

1. 다음 문장이 소설의 내용과 일치하는지 O, X로 표시해 보자.

주민이 엄마의 인스타그램 아이디는 '블루하트'다. ······ (   )

주민이는 액체 괴물 영상을 올리는 유튜브 채널을 가지고 있다. ······ (   )

주민이 아빠는 엄마와 함께 사업을 한다. ······ (   )

네티즌들은 주민이의 아이디를 검색하여 주민이의 신상 정보를 알아냈다. ······ (   )

주민이 엄마는 인스타그램 계정에 해명 글을 올렸다. ······ (   )

주민이 아빠는 가족의 화해를 위해 가족사진 찍기를 제안했다. ······ (   )

2. 주민이가 올린 영상은 인터넷 커뮤니티로 퍼져 나가 많은 사람들의 주목을 받게 된다. 최근의 사건 중 비슷한 경우가 있었는지 생각해 보고, 이런 현상의 장점과 단점에 대해 토론해 보자.

장점	단점
- 예시) 많은 사람들의 지식으로 문제를 해결할 실마리를 얻을 수 있다.	-
-	-
-	-

3. 마지막 장면에서 주민이는 자신의 마음을 밝히는 글을 쓰기로 다짐한다. 주민이가 어떤 글을 올렸을지 상상해서 써 보자.

카이의 선택

최상희

1. 만약 카이처럼 능력을 얻게 된다면 어떤 능력을 갖고 싶은지 그 이유와 함께 적어 보자.

▶ 갖고 싶은 능력:

▶ 이유:

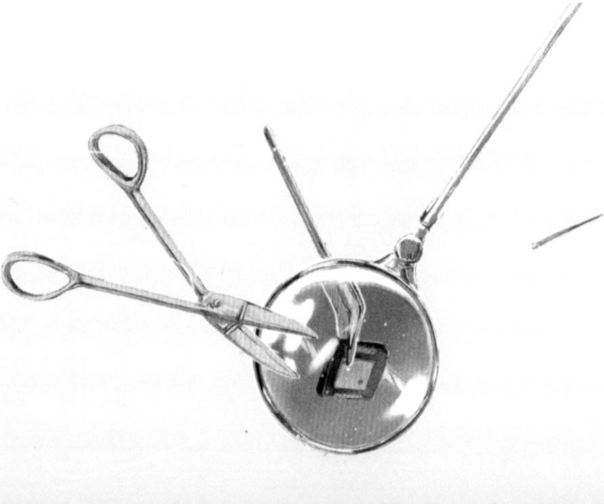

2. 아래 장면에서 나기가 말한 '몽글몽글하고 폭신폭신한 마음'은 무엇일지 생각해 보자.

"그런데 말이야, 수술 전에 이상하게 망설였어. 좀 더 읽어 보고 싶더라고. 몽글몽글하고 폭신폭신한 마음 같은 거 말이야. 수술받고 나면 못 읽게 되잖아. 하지만 결국 수술을 선택했지. 오랫동안 그 선택 말고 다른 건 생각지도 않았으니까. 그런데 참 이상해."

3. 작품 속 카이들은 평범한 사람들과 다르다는 이유로 차별받는다. 우리 사회에서 다르다는 이유로 차별받는 사례들을 찾아본 뒤 이야기해 보자.

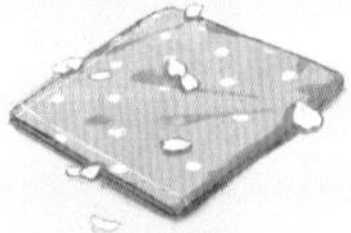

커튼콜

조우리

1. 소설 속 '은비'는 연기를 하고 싶어 한다. 나에게도 그런 것이 있는지 생각해 보고, 있다면 계기를 적어 보자. 없다면 가장 최근 재미를 느낀 것이 무엇인지 적어 보자.

	하고 싶은 것과 그 계기
은비	예) 저는 연기를 하고 싶습니다. 연기를 시작하게 된 건 우연한 계기로 「사슴벌레의 사랑」이라는 드라마의 아역배우를 하게 되어서입니다. 그 당시에는 연기를 왜 해야 하는지 알 수 없었지만, 최근에 예전 모습을 영상으로 찾아보며 '그때 더 잘할 수 있었을 텐데.' 라고 생각하기 시작했습니다. 학교 연극인 「숲을 빠져나가는 다섯 가지 방법」에서 소품팀 보조로 나뭇잎을 흔드는 역할을 맡았을 때, 잠시였지만 무대에 올랐다는 게 가슴 벅찼습니다.
나	

2. 소설의 마지막 장면에서, 인물들이 무슨 대화를 나눴을지 상상하여 대사와 지문 형태로 써 보자.

그때, 은비와 윤서, 혜원과 지민은 교장 선생님의 도장이 찍힌 예술고등학교 지원서를 들고 복도를 나란히 걷고 있었다. 곧 「파도」의 앵콜 공연이 예정되어 있었다. '아리에트'역에는 윤서가, 그리고 주인공 '루나'역에는 은비가 그대로 캐스팅된 채. (본문 72면)

3. 은비는 「파도」에서 루나 역을 맡아 연기한다. 은비와 루나가 가진 상황과 행동을 각각 비교해 보고, 공통점을 찾아보자.

	은비	루나
상황	학교 창작 연극 「파도」의 주인공 '루나' 역을 맡았다. 「파도」의 주인공 오디션과 무대에서 계속 실수를 한다.	
행동		아리에트의 만류에도 불구하고 바다로 나가자고 끝없이 설득한다. 아리에트에게 직접 만든 서프보드를 주며 용기를 북돋는다.
공통점		

더 깊은 독서를 위한
독서력 세트

소설의 첫 만남
01-03
ISBN 978-89-364-5972-7(3권)

라면은 멋있다
공선옥 소설 | 김정윤 그림 | 값 7,500원 | ISBN 978-89-364-5855-3

**"가난하면 사랑도 못 하나요?"
작가 공선옥이 들려주는 풋풋한 사랑 이야기**

어려운 가정 형편을 속이고 연주를 사귀는 민수. 민수는 연주에게 멋진 생일 선물을 사 주기 위해 편의점 아르바이트를 시작하는데……. 라면만 먹어도 진심이 있다면 사랑은 멋지다!

내가 그린 히말라야시다 그림
성석제 소설 | 교은 그림 | 값 7,500원 | ISBN 978-89-364-5856-0

**소년을 스쳐 간 운명의 장난
작가 성석제가 들려주는 선택에 관한 이야기**

어린 시절 미술보다 축구를 좋아했던 백선규는 자라서 유명한 화가가 되었다. 하지만 그에게는 아무한테도 말하지 못한 비밀이 하나 있는데……. 선택과 인생의 부조리함을 진지한 필치로 그려낸 성장소설. ★중2 교과서 수록작

꿈을 지키는 카메라
김중미 소설 | 이지희 그림 | 값 7,500원 | ISBN 978-89-364-5857-7

**힘보다 희망으로,
평화로 이기는 법**

아람이는 재개발을 앞둔 시장의 모습을 카메라에 담는다. 어려움에 처한 이웃에게서 눈을 떼지 않으리라 다짐하며 아람이의 카메라는 오늘도 찰칵, 희망의 소리를 낸다.

문학이 낯선 아이들을 위한

마중물 세트

소설의 첫 만남

04-06

ISBN 978-89-364-5973-4(3권)

옥수수 뺑소니

박상기 소설 | 정원 그림 | 값 7,500원 | ISBN 978-89-364-5858-4

두 번의 교통사고!
진짜 뺑소니범은 누구일까?

현성이는 두 번의 교통사고를 당한 뒤 상황에 떠밀려서 거짓말을 하게 된다. 한번 시작한 거짓말은 풀 수 없는 매듭처럼 점점 엉켜 가는데……. 진실을 밝히는 용기에 관한 이야기.

림 로드

배미주 소설 | 김세희 그림 | 값 7,500원 | ISBN 978-89-364-5859-1

아이돌이 된 내 친구
우린 이제 영영 멀어지는 거니?

아기 때부터 친구였던 지오가 가수로 데뷔한 뒤 현영은 외로움에 휩싸인다. 현영은 방학을 맞아 미국에 있는 이모할머니 댁에 가지만, 좀처럼 지오 생각이 잊히지 않는다. 열여섯 살 마음을 물들인 첫사랑 이야기.

푸른파 피망

배명훈 소설 | 국민지 그림 | 값 7,500원 | ISBN 978-89-364-5860-7

다양한 이들이 모여 사는 푸른파 행성
청소년의 힘으로 일구어 낸 색다른 평화 이야기

저마다 다른 행성에서 이주해 온 사람들이 조화롭게 살던 푸른파 행성에 갑작스레 전쟁의 기운이 감돈다. 식자재 배급에도 차질이 생겨 한쪽에는 고기만, 다른 쪽에는 야채만 배달되는데……. 푸른파 행성은 다시 평화를 찾을 수 있을까?

마음이 한 뼘 커지는

표현력 세트

소설의 첫 만남

07-09

ISBN 978-89-364-5974-1(3권)

누군가의 마음

김민령 소설 | 파이 그림 | 값 7,500원 | ISBN 978-89-364-5861-4

알 듯 말 듯 엇갈려 온 우리 사이
언젠가는 닿을 수 있을까?

눈에 띄지 않던 아이 강메리가 같은 반 남자아이들에게 차례로 고백하면서 교실 안이 술렁인다. 이제 고백을 듣지 못한 아이는 단 두 명뿐. 강메리, 너의 마음은 어떤 거니?

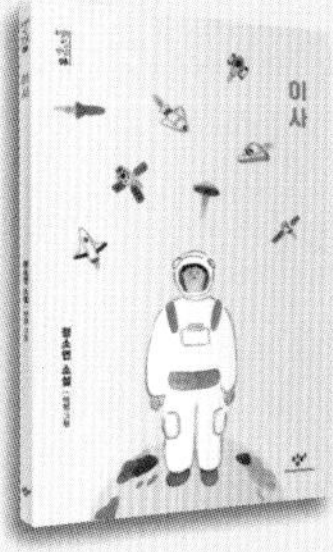

이사

정소연 소설 | 백햄 그림 | 값 7,500원 | ISBN 978-89-364-5862-1

나의 우주는 이제, 달라질 거야
SF 작가 정소연이 펼쳐 보이는 새로운 세계

지후는 가족과 함께 다른 행성으로 이주해야 한다. 아픈 여동생 지혜를 치료하려면 어쩔 수 없다지만, 지후는 부모님의 결정이 야속하기만 하다. 지후에게는 고향 마키엔데를 떠나면 안 되는 특별한 꿈이 있기 때문이다.

미식 예찬

최양선 소설 | 시호 그림 | 값 7,500원 | ISBN 978-89-364-5863-8

비엔나소시지가 입 안에서 뽀드득!
내 사랑은 이토록 맛있게 시작되었다

이른 사춘기를 걱정하는 엄마 때문에 유기농 음식만 먹어야 하는 지수. 그래도 예찬이와 함께라면 점심시간이 행복하다. 지수는 용기를 내 예찬이에게 고백하지만 대답을 듣지 못하는데……. “예찬아, 넌 내가 싫은 거니?”

더불어 사는 법을 배우는

공감력 세트

소설의 첫 만남

10-12

ISBN 978-89-364-5968-0(3권)

칼자국

김애란 소설 | 정수지 그림 | 값 7,500원 | ISBN 978-89-364-5876-8

긴 세월 칼과 도마를 놓지 않은 어머니에 대한 기억

20여 년 동안 국숫집을 하며 '나'를 키운 어머니의 삶. 주인공은 어머니의 부고를 듣고 나서야 그 억척스러운 삶을 돌아보게 된다. 김애란 작가가 들려주는 가슴 뭉클한 이야기.

하늘은 맑건만

현덕 소설 | 이지연 그림 | 값 7,500원 | ISBN 978-89-364-5877-5

가슴 뜨끔한 거짓말! 푸른 하늘 아래 문기는 고개를 들 수 있을까?

문기는 심부름을 하다가 우연히 많은 돈을 받게 된다. 그 돈을 수만이와 같이 장난감을 사는 데 써 버린 문기는 곧 죄책감에 시달리고, 수만이와도 다투게 되는데……. 편치 않은 비밀을 품게 된 문기의 이야기. ★중1 교과서 수록작

뱀파이어 유격수

스콧 니컬슨 소설 | 송경아 옮김 | 노보듀스 그림 | 값 7,500원

ISBN 978-89-364-5878-2

우리 야구팀의 유격수는 뱀파이어! 뱀파이어도 인간과 함께 어울려 살 수 있을까?

계몽된 시대, 사람들은 더 이상 '다름'을 대놓고 차별하거나 멸시하지 못한다. 하지만 치열하게 승부를 겨루는 리틀 야구 대회에 뛰어난 실력을 갖춘 뱀파이어 유격수가 나타나자 그를 바라보는 사람들의 시선은 곱지 않은데…….

독서포기자들을 위한 새로운 소설 읽기 프로젝트

소설의 첫 만남

1. 뛰어난 문학 작품을 다채로운 그림과 함께 읽는다

새로운 감성으로 단장한 얇고 아름다운 문고입니다.
긴 글보다는 시각적 이미지에 친숙한 청소년들을 위해
다채로운 삽화를 더해 마치 웹툰처럼 흥미진진하게 읽힙니다.

2. 책과 멀어진 아이들을 위한 책

한 손에 잡히는 책의 크기와 길지 않은 분량 덕분에
그간 책과 멀어졌던 아이들에게 권하기에 적절합니다.

3. 학교 현장의 선생님들이 더욱 기대하고 추천하는 책

'소설의 첫 만남' 시리즈는 학교 현장의 선생님들에게 선공개되어
"이런 책을 기다려 왔다!"라는 뜨거운 기대평을 모았습니다.

4. 더 깊은 독서를 위한 마중물

깊은 샘에서 펌프로 물을 퍼 올리려면 위에서 한 바가지의 마중물을
부어야 합니다. '소설의 첫 만남' 시리즈는 아이들이 다시금
책과 가까워질 수 있도록 마중물 역할을 합니다.

“이런 책을 기다려 왔다!”

★★★★★

학교 현장에서 들려온 뜨거운 찬사
아이들이 먼저 손에 들고 좋아하는 책

“동화책에서 소설로 향하는 가교 역할을 하는 책.” **서덕희(경기 광교고 국어 교사)**

“우리 학생들이 재미있게 책 읽는 풍경을 기대하며 마음이 설렌다.” **신병준(경기 삼괴중 국어교사)**

“‘소설의 첫 만남’ 시리즈는 자신도 모르는 사이에
이야기 속으로 빠져들 수 있도록 재미와 기쁨을 전한다.” **최은영(경기 미사강변고 국어교사)**

“첫 만남은 언제나 가슴 설레는 일이다.
단편소설을 일러스트와 함께 소개하는 이 시리즈를 통해
책 읽기의 즐거움을 한껏 느낄 수 있기를 바란다.” **안찬수(시인, 책읽는사회문화재단 상임이사)**

작고 예쁜 문고판 서적이 독자들에게 찾아왔다. **시사인**

문제집 내려놓고 소설책 집어 들 때를 위한 책. 연애 꿈 등 청소년의 고민이 담겼다. **부산일보**

책 읽기에서 멀어진 청소년들이 우선 독자다. 개성 있는 일러스트가 돋보인다. **경향신문**

웹툰처럼 편하게 소설을 읽는다. **경인일보**

책을 손에 잡으면 잠부터 쏟아지는 사람을 위한 책.
독서에 익숙하지 않은 사람도 지루할 틈이 없다. **싱글즈**

홍미로운 이야기와 매력적인 삽화로 무장했다. 다채롭게 읽힌다. **매일경제**